魔術方塊

須文蔚 著

目次

輯二・在蔗田裡

輯三・異常

輯四・觸電新詩 114

■ 輯五・與流動相遇

魔方中的詩質

⊙向　明

文蔚的這本詩集以《魔術方塊》作為書名，看似一極為通俗的消費性的符徵，實際上充滿著極為嚴肅卻又難解的弔詭，形成一個頗為複雜的隱喻，十足顯示這位國內罕見的數位文化詩人，對這個紛擾的世界有著與眾不同的看法與見解。

「魔術方塊」乃一對等性的三度空間立體結構，其中又由六色六面各據一方，每面又分為中央塊六個、角塊八個，和邊塊十二個，排列組合成一種艱深的各據一方的掌上益智型積木遊戲，由於當其被扭轉亂套失去應有定型排列時，破解還原非常不易且費時，遂亦不失為一加強腦力激盪、腦筋加速急轉彎的鍛練工具。文蔚在這首詩的一開始即點出：

我們以不同色彩伏貼在
不停翻轉的立方體上
……
我們總在顛倒的空間中張望

誠哉斯言，我們可以以此顯微的角度，去追溯這整本《魔術方塊》中所呈現的詩的肌理，省視他在不斷顛倒排序的立方體空間中張望到了些什麼？又創造了什麼？似乎這是我們讀此詩集的人所感興趣的事。

《魔術方塊》詩集概分為五輯，各輯均以同性質詩的歸類，卻也不然。作者詩的觸角就像刺蝟樣的多端伸出，因此即屬同性質詩的彙集，也都可感受到每首詩所予人不同的詫異與驚奇，表示出作者對每首詩的經營都有每首詩的立意，無論從詩思的確定、意象的安排、語言的表現都絕不重複、力求創意，表現出這是一本令人目迷五色，不斷有新事物突出的詩集。這裡面有〈長著貓尾巴的鸚鵡〉的異常、也有〈一百隻犀牛負傷逃出廸化街〉的觸電新奇。當然更有懷舊的但也令年幼一輩聞所未聞的詩，如〈陪父親看失空斬〉及〈帶你去找我遺落了的乳牙〉。它告訴我們詩是一種意外，一種發現，一種讓已遺忘的記憶，重新發掘出來，溫暖我們麻痺了的心靈。我們的思考力會老化、靈感會枯竭，但詩永遠年輕。但肯尋詩便有詩，詩會透過文字語言的巧思從不同時空出現。

台灣詩人成長的方式很特殊，可以說都是野生植物般自生自滅。像我等老生代寫詩的，內戰把我們從大陸內地趕到了台灣，孑然一身，學識低能得有如白癡。我們無一技之長，最後選擇去學習寫作，完全是出乎生存的需要，和年幼時讀過一些啟蒙的古典詩詞所致，這樣的條件去求詩，有如根本不識水性的人，去泅游大海，不馬上滅頂，已是萬幸。然而我們一寫便是一生，而且仍樂此不疲，繼續在寫下去。

而緊跟在我們後面、二次大戰後出生，現在已是中生代的詩人則與我們大異其趣。他們在無風無浪，經濟繁榮，政治穩定的太平局面下成長茁壯，個個都求得高學位和專業知識，他們投入這塊前人開拓出來的詩墾地，吸取了當年詩壇前輩在兩次新詩論戰的經驗教訓，從而釐定詩的追求方向，不再盲目追求陌生的、源自西方的現代主義或超現實主義，更未跟隨一九八〇年代以來的後現代風潮，不再依附任何派別組織，創出自己獨有的一片天空，這是當今台灣新生代詩人的特有風景。

須文蔚出生較晚（一九六六—），屬台灣中生代後期的詩人。當前期的中生代詩人一個個冒出頭來，令人刮目相看，突出各自不同的詩風時，須文蔚尚蟄伏在詩刊和學院之間發表少數作品，同時主持台灣最早成立唯一獲得政府支助的「詩路」網站，他藉此蓄積能量。這個時候他對加拿大詩人兼鄉村歌手 Leonard Cohen（Beat Generation 的後繼者）的幾句名言最為欣賞，Cohen 說：「詩只是生活的證據，若能盡情的燃燒生命，詩不過是層灰。」這個時期他寫了許多讓記憶還魂的好詩如〈橄仔樹〉（噶瑪蘭人視為的「聖樹」），〈陪父親看失空斬〉

（一首道盡父子兩代深情和相惜的詩），和〈在子虛山前哭泣〉十六首短詩集成的組詩，這組詩裡交雜著十六種不同的狀況，有時令人驚心，有時令人自責不智，其中有一首小詩題名〈來到河邊吧〉，只有四行：

其實水是柔順服從的僕人
服侍著你種一棵樹，在此之前
請你離開電視機裡無聊的心理測驗
到河面收視自己的眼波

似此巧黠的提點，是要讓人在作某種認知之前，先要認清自己，有常言所謂「去撒泡尿照照」的味道，這是一個隱喻氾濫的時代，這首詩的技巧不同於一般。

待到民國百年前後期間，須文蔚在學院和文化藝術各方面已取得一定的地位，新聞研究所博士的獲得，高升系主任、被羅致擔任公視董事等等事業的順境，同時也墊高了他詩的視野。他認為：「隨著『全球化』的論述撲天蓋地而來，現代詩人面對更加現代化的社會與文化環境，也面臨跨國經濟商業浪潮的衝擊，詩人置身於無可遁逃的文化際遇中，書寫時更需掌握血液裡的古典傳統語境，找到當代的抒情聲音。」這種有別於一般詩人專注於一己之思，罔顧窗外已無異於萬花筒變化多端的全新面世觀點，顯出這就是須文蔚作為一個學者詩人的高明處，與眾不同處，尤其他提醒大家：「要掌握血液中的古典傳統語境，找到當代的抒情聲音」，更是發人深省，也確實刺痛到了時弊。

然而文蔚不但是一個跟得上時代的詩人，更是一個超越時代的科技詩人，在面對眾多自外於資訊產品的使用，仍然滯留在手工業時代作撰稿傳輸的遺老作家時，他早已在默默涉足「數位科技文化」的領域，曾兼任東華大學數位文化中心主任，現則正協助台北市成立數位台北文學館，儼然已是國內從事數位科技文化的權威。按所謂「數位」實乃電子計算機發明後所唯一認識的「0」與「1」兩個數字，即電腦所用來運算的「二進位」制的數學元素，而非歷來使用的十進位制繁複的加減乘除，「二進位」英文稱作「Binary Digit」。自「集體電路」發明及廣泛運用後，世界已進入一「微電子科技」全然統治時代，一切數位化已成一不可逆轉的趨勢。「集體電路」可說全為「數位化」的快速處理而設計，如果沒有指甲大小的電路晶片，就會沒有現在全能的「數位相機」和「智慧型手機」。須文蔚在數位文化這個領域探索，知道各種資訊知識已進入一個大匯流的時代，文學和圖象、多向文本已開始整合，也進入一界線模糊的空間。詩文學一向勇於冒險，也慣於向未知挑戰，因此他在蘇紹連，向陽，白靈等中生代前輩詩人之前，從數位文學出發，作超文本詩創作的實驗。這本《魔術方塊》詩集第四輯中即有這種「觸電新詩」數首。這種利用數位技巧將詩與圖象結合，使詩成多義性，多樣性的呈現，是一種開拓詩領域向各種可能發展的最新途徑，須文蔚在使詩的走向不致停滯，也功不可沒。

須文蔚並非像我等老生代一個個別無所長，只會寫幾句詩的專職詩人，更不是如前行中生代詩人樣多已進入學院教學或作研究，幾乎多已無多少詩創作交出。

須文蔚雖仍棲身學府，但他博學多能，興趣廣泛，接觸面廣及東華大學所在的花蓮社區和兩岸大學校際間的交往。在這麼繁忙的時間支配中，還有這麼多的詩創作結集，而且所有的作品中，都沒忘他是一個道地的台灣詩人，詩中充滿在地的台灣文化元素，值得我們由衷的佩服。

□按文中所引須文蔚教授的幾處發言，均為他在三本「食餘飲後集」《七絃》、《眾聲》、《喧嘩》中他的選詩前的「詩觀」。

推薦序

觸電就越界

⊙李進文

那是夏蟬蟄伏在黑暗中十七年後
震翅飛舞在夏日的一聲低吟？

奔波的旅次，某清晨，須文蔚在異鄉的高速公路上，聽聞蟬嘶，忽遠忽近聲聲催眠了疲憊的旅客，而他卻深刻獨醒，凝視長天彷彿「神靈的翅膀在變換的雲上／書寫透光的文字」……語調流轉，遼夐，在這樣一首〈滬寧高速公路上聞蟬聲〉，我看到「十七」這個數字，聯想至他的第一本詩集《旅次》，距離這次出版的第二本詩集《魔術方塊》竟然已經十七年了！

像夏蟬一樣蟄伏了十七年的新詩集，一旦破土而出，不是聲嘶力竭，而是低吟如詩，詩裡有親情、有地誌、有生態，還有他與眾不同的「科技想像與數位創作」。或許因為我曾有多年在數位內容領域工作的經驗，特別能接收到他以「詩與數位」發射出的頻率。

在學院詩人中，只有少數像他可以在網路「維基百科」單獨拉出一個條目「須文蔚與數位文學」。用記憶瀏覽這些年他戮力進行的：早在一九九六年須文蔚就發表了台灣最早討論數位科技對文學造成衝擊的〈邁向網路時代的文學副刊〉論文；接著主持「詩路：台灣現代詩網路聯盟」、出版《台灣數位文學論》、經營數位詩創作網站「觸電新詩網」、為《台灣大百科全書》撰寫「數位文學」條目；他更以學者身分企劃大型數位研究專案、參與教育部為弭平數位落差在偏鄉設立數位機會中心的計畫等等。

「數位」成為他的養分，順理成章的融入詩作。《魔術方塊》呈示這些年，他出入平面、數位的人生觀與世界觀。他的思考，不再是直線而是曲線，不再是平面而是立體，不再是單一時空而是多個平行世界。

當妳再次旋轉到天體的對面
隔著春日注滿綠光的水田
我會珍惜時空歪斜的一剎那
化身千萬隻白鷺銜給妳會發光的花朵

身為科技數位內容的專業學者，在虛擬與真實之間，更易於從制高點客觀反思。科技為人類文明帶來美好，同時也帶來不美好。美與醜、善與惡，在時空中如同「陰、陽」哲理並存。就拿已經完全介入人類生活的手機來說，他在〈玉山學第0章——走進玉山時請關手機〉中，不無諷喻意味地說：「一群登山客的手機在塔塔加鞍部上還懸／念著都會，不肯靜默，也不停止震動／不斷依偎在人們的臉龐，描繪著／亞熱帶平野上罹患躁鬱症的風景」，數位科技無所不在，穿林入山，侵海跨洋，但這真的是人們最終想要的嗎？即便到最後一輯「與流動相遇」，他都要不厭其煩的提醒：「耗盡了手機電力還不能平息／曠野外隱隱的雷聲」，人不能抵抗大自然，科技更是不能！

人類如此渺小，必須順服天道，必須節制（善用）科技，面對大自然，他的建議反而是「拔出！」他說：「從十餘個瞳孔中拔出終端機、電腦主機和／一長串等待主人閱讀與回覆的電子郵件」。

深深涉入，斷念拔出。——我想，面對數位科技，須文蔚身上有一個隨性自在的開關鈕。

「五年級世代」是一群行過時代交接口的懷舊者，無論涉入科技多麼深，對於創作，仍然信仰「手工藝」的傳統，所謂手工藝，不全是字面上的概念，更指內在一種對「慢工出細活」的懷舊堅持，如同葉慈（William Butler Yeats）提到的：「寫詩是一種勞力（labour）、一種手工藝（craft）、一種行業（trade），必須遵守比繆思更嚴苛的律法。」對須文蔚這樣一位具有特殊數位專業背景的學者詩人來說，當然也是，十七年慢工出細活，因為書寫涉及人性而不是科技。當他走進大自然，我們可以從細微的詩句意象感染其懷舊情緒，「高山芒用紙質葉舌吐露出玉山的寂寞」，撫著芒葉竟是投射「紙質」的聯想。數位電子書與平面出版、科技的快與傳統手工的慢，應該是並存的，不是誰取代誰的問題，而是人類社會必然要走向「多元和諧」，數位科技只是手段和方法，為人類的文化藝術加值與服務，並非蠻橫的僭位。一意孤行，所造成的後果，就會〈當機〉，他近乎寓言地道：「無助的雙手在鍵盤上敲打，正如／粗心的火葬場工人在突如其來的狂風中／試圖追捕四散紛飛的骨灰」。

在「觸電新詩」一輯中，統整了須文蔚「數位與文學」的理念，「當進入數位紀元後，各種科技進入大匯流時代。文學和圖象、動畫、多向文本乃至於互動界面也開始整合，文學和藝術也進入一個界線模糊的空間。」在這裡，他透過「詩與圖象」的搭配，進行實驗。〈一百隻犀牛負傷逃出迪化街〉一詩可以作為他多種實驗的代表之一，因為看到一幅畫，「腦海裡突然出現圍棋棋盤的樣子，就仿照報紙上的填字遊戲的方式，在 WORD 97 上開了一張表格，交錯的寫成，完稿後發現，原來圍棋的語言，就是一種多向文本（hypertext）。」

再如另一首「圖與文」結合的詩（在電腦中是有動態的），展現視覺詩的特殊情緒魅力，「時鐘用宗教家的口吻暗示／愛情終將陷入分分合合的輪迴中／讓我們以這首情詩抵抗」，他指的「這首情詩」是哪一首呢？只有四個字：「成住壞空！」

光實驗「形式」是不夠的，「內容」才是王道，即便是「觸電新詩」這樣意象閃爍的實驗性作品，每一首詩都有他所關懷的「命題」。例如〈非常性男女〉組詩中的〈犧牲者〉可以解讀為對政治腐敗的諷刺揶揄：「由於相信神話／我們努力納稅與服役／建造宮殿來供養魔法師／祂以我們票選出的童女／滋養凡人所缺乏的利喙和巨翅」，這樣的詩句，若對照當今的政府和立法機構，就像針一般尖銳，而且刺痛。又譬如〈婚姻〉：

不能禁止愛情
立法院努力避免它遭到病毒感染

他們訂定了：
民法親屬編第二章婚姻
刑法第二編第十七章妨害婚姻罪
所得稅法第十五條夫妻合併申報
和繼承制度
和其他具有ＳＭ效力的法律

當這些詩從電腦多媒體「觸電新詩網」，轉化為文字，即便在平面定格，卻有詩意延伸的影音、亦有圖象溢出框外的歧義。十七年來，須文蔚仍不違初衷的，以「多向文本乃至於互動界面」的創作、論述及實驗闖蕩「文學和藝術的模糊空間」。在這本新詩集出版的同時，也將與新媒體藝術家黃心健的「相遇時刻」公共藝術結合，在台北捷運信義線「台北一〇一／世貿站」，一百公尺長的長廊中，以詩頁方式，翻動於地下道牆面，不僅和行人對話著未來的想像，或許也預示「數位與文學」還有長長的路要走。那麼，此刻暫且放下塵囂吧，乘坐須文蔚的《魔術方塊》穿過詩的長廊、穿越數位科技，駛向溫暖與愛——

擁擠車廂中流轉的乘客帶走體溫
空氣結凍，人們只好摩擦螢幕取暖
不斷撫觸又滑落一張臉孔千萬表情
遙迢的愛意從指尖溫暖到心底

推薦文

他們讀《魔術方塊》

須文蔚的詩大都以感性為主軸，來樹立他詩域範疇內的座標，他採用的撰述技巧是將記憶儲存的資料，轉變成直陳而可捉摸的詩語言，鋪敘出一首首韻感十足，結構完整的詩作，詩中有關人性的小小嘲諷，並無批判的意味，卻以俏皮的含射，給人模糊卻迷魅的吸引力。艾略特說：「我認為在音樂的各種特點中和詩人關係最密切的是節奏與結構感。」須文蔚的詩確實印證了這樣的關係。

——朵　思（詩人）

文蔚始終是個多情的歌頌者，對歷史文化多情，對家人朋友多情，對社會多情。情之深淺，隨著年齡而遞增，這是人之常情。年輕時不勉強自說愁，年紀漸長則真情婉轉，進入老境則友情而似無情，現在的文蔚正是真情婉轉，感慨良深的時候。從青春期到中年期的文蔚，正像多數成功的詩人一樣，一步一步走向成熟穩健的境地。雖然在文字的拿捏、風格的形塑上，我認為文蔚還有可以努力的空間，但在一九六〇年代以後出生的台灣詩人群中，在詩意的深婉、意象的豐美、文字的靈動上，文蔚的才情與成就是應該被肯定的。

——艾　農（詩人）

用一折京戲吟唱父親的流亡，用一道料理穿梭母親的江湖，用典雅的修辭譏諷混亂的現世，用數位科技黏合神話與未來，須文蔚的巧思都來自生命的種種矛盾，但透過詩人情感的濃郁洗禮，成為對一切珍愛之人事物的頌讚與悼亡。又兼長年奔逐於花蓮台北之間，詩人對於城與鄉、學院與市井的映照了然於心，有所反省學院思維的陳規束縛，積極開掘山川地理的人文風貌，看似抒情，實則雄辯，拓展了學院詩人的新風景。

——鴻　鴻（詩人）

我常想：在這充滿著電腦特效、智慧手機、互動遊戲的時代中，這世界會怎麼讀詩？看著文蔚在如世外桃源的花蓮，帶著年輕人從自己的生活中的感動出發，用 **iPad** 寫詩，如同這本詩集的名字「魔術方塊」，文字在這時代的科技與氛圍下，不斷旋轉與排列組合，傾訴著無窮的可能。

——黃心健（科技藝術家．政大數位內容學程副教授）

詩齡十七歲的時候，詩人該當以何面貌再次迎向讀者的注視？須文蔚猶是青春期的末段班，仍可遇見身世、情愛、交遊、夢想與家國的主題交錯。即便涉世已深卻仍搦筆染翰，不忘情於詩意對生命之挹注。然而詩集中俯拾皆是城市裡3C的典故，形象裡不乏數位時代的身姿。從時光的廊道漸次往上泅溯，有憂思、有論辯，亦有動情細緻的觀看。我不無親切的想像，文蔚骨子裡仍是詩國貴族之末裔。

——張梅芳（詩人．東華大學華文系助理教授）

這是我期待了將近二十年的詩集。大學時期的我，第一次讀到文蔚老師的作品，被其中細膩深沉的情思觸動。他的詩作意象龐沛，成為我閱讀經驗中不能或忘的風景。如今，詩人回來了，帶著他的睿智與成熟，展現被時間淬煉過的技藝。他轉動語言的魔術方塊，詮釋家族血緣、生活地景、科技文明……，語氣越見和緩，然而後座力更強。雖以益智玩具作為詩集名稱，但我還是看見了，詩人始終感情用事，認真地重組一個靜好的世界。

——凌性傑（詩人）

涵詠詩海數十年，累積讀詩、品詩、編詩、寫詩的深厚功力，文蔚老師筆下，無事不入詩，不唯人事歲月的記憶感懷、對鄉土地景的深情凝視，表達得深切動人，而輯四「觸電新詩」中幾首數位詩的實驗作品，驚悚冷冽，創意十足，有環保議題的指涉、文化現象的批判，亦有後現代的解離雙關，更為特出。最後的「與流動相遇」中，以詩句與公共藝術對話，召喚行人對未來的想像，靈光處處，耐人尋味。誠如書名《魔術方塊》，詩人在此呈現不同的色彩與面向，於顛倒紅塵中尋求精準對位，給予讀者多元的路徑與歧義的思索，饒富興味。

——駱靜如（北一女國文教師）

自序

緩慢與延展的抒情

⊙須文蔚

《魔術方塊》是一本遲到的詩集，距離我第一本詩集《旅次》出版，有十七年之久。

葉紅為了編寫作家訪談錄《慕容絮語》，和我結識，我們經常晤談，討論創作，網路的傳播和她費心經營的耕莘寫作會。葉紅無私的為文學付出，很慷慨地為網路詩人出版《詩次元——詩路二〇〇一網路詩選》，記得她一直甘於在非主流的位置，但期待青年作家可以有多重管道發聲，在內涵與形式上革命，而她的河童出版社能夠成為一個游擊戰的據點。

幾度聊到深夜，也忘了時間，我開車送葉紅回新店的家居，好幾次她說：「文蔚，你應當出版第二本詩集，我幫你發行。」

「我寫作很慢，新作還不夠多。」看著環河公路旁飛逝的黝黑夜色，心裡其實暖暖的。

「不要緊，你把新舊作品編整一下，重新出版也很好？」

我答應她整理與編輯，但教學工作忙碌，一直沒有進度。二〇〇一年夏天，她移居上海，偶爾回台，總會叮嚀詩集出版的事宜。

二〇〇四年葉紅離開人世，我沒有去參加追思會，覺得自己辜負了她的好意，同時也很氣她不告而別。

沒有出版計畫，創作其實一直在進行，而且用各種科技或傳統的形式「出版」著。

二〇〇二年，羅智成邀我在台北詩歌節策展「新詩電電看」，翌年再接再厲策劃「電紙詩歌」。我以「電紙」為意象，邀請跨界的詩人與藝術家一起在網路這張嶄新的稿紙上寫作，於是利用電影、數位攝影、電腦動畫、電子音樂等不同媒體的創作者齊聚中山堂，在古舊的建築中，發抒時代的情感。我必須坦承，在數位詩與影像詩的風潮中，進行創作與實驗的樂趣固然高，閱讀與寫作數位文學、藝術理論論文的趣味，其實也不相上下。相較於一九六〇年代觀念藝術家不斷挑戰文學、戲劇、繪畫與雕塑的界線，把現成物（ready-made）、發明（intervention）、文獻檔案、語文與表演等，融入藝術當中。當數位時代到來，掌握有數位工具的詩人，更有無窮的展演機會。有趣的是，後現代的氣氛中，多數的作品折衝於漢字的多義性與抽象指涉間，詩人們呼應東方的禪學與抒情傳統，把方塊字立體成一個個魔術方塊，開創了一系列前衛意味十足的作品。很遺憾，在這本詩集中，只能摘要適合紙本、線性與平面閱讀的素材，和讀者分享。

從一度矚目科技，我很快轉折回到中國文學的抒情傳統上。我從數位創作的內涵上，體認到本地前鋒創作者情迷家國的情懷，同時回到文字書寫上，也希望讀者在電光石火的閱讀瞬間體會到動人的情感。那麼我在學院的書寫中，如何向古典追索、致意乃至於翻案，在在成為我選取的題材的靈感，也讓我更執著把自身的抒情言志能與傳統詩歌典範聯繫在一起。於是無論是以京劇《失空斬》與父親離散身世互文、以武俠與母親的家事操勞對話、以神話故事與當代科技揉合並變形，都成為我緩慢書寫中，不斷湧現的、延展的與秘密的抒情。

記得有一年國際詩歌節，選了〈鯉魚潭〉英譯，譯者很細心閱讀了詩中的一個段落：

飄風挾帶驟雨敲打屋簷
有無數玉磬摔落室內遮斷話語
你突然流轉到霜寒的孤島上
把我們習於取暖的笑語當作魚餌
垂懸在江雪中

為了讓西方的讀者更理解詩行中埋藏的情意，他便主動加上了柳宗元〈江雪〉的翻譯。我拿到譯稿時，感謝譯者的細心，也更相信華文文學抒情性的創造有傳統的、本土的、內在的面向，一個自小浸淫在唐詩的孩子，應當不需要提醒，就能體會出我藉唐詩典故想表達的心境與場景。

學院的生活其實充滿了挑戰與困頓，為了準備升等，執行大型計畫等因素，五年前一度擱筆，創作幾乎枯萎。艾農老師從高中開始指導我寫作，邀我參加與向明、曹介直、朵思、鍾雲如和張國治等詩人的定期聚會。「七絃」詩人雅聚之餘，每年出版一本合集的邀約與熱情，讓我有動力在這兩、三年恢復寫作，把家族故事、旅行見聞和科技的人文觀察納入詩中。「七絃」詩人的質樸與執著，是我躑躅漫漫詩路上永遠懷抱的火種與精神。

《魔術方塊》本來還要繼續延宕下去的，遠流出版公司總編輯曾文娟的鼓勵與協助，詩人李進文時常提醒與激勵，是這本詩集的兩大推手，我要深深感謝。

謹以此書獻給我的父親、母親，是他們將我懷抱在膝上，教我認識一個個方塊字，我以詩舞動了許多魔術方塊，願他們感到新奇與喜悅。

輯一・解凍懷念

陪父親看失空斬

陪父親看失空斬
在馬謖立下絕命的軍狀
昂首走進史冊前，來不及惋惜
我已屈從於昨日加班的勞累
睡倒在沙發上

夢中猶是光棍的父親羽扇綸巾
站在滿天烽火的城樓上，身後
是和他一起潰敗渡海來台的弟兄，面前

是如雹暴般落在平野的刀光
鑼鼓點，一聲聲把恐懼折疊在石藍色鶴氅中
談笑間，以一張琴洗滌眾人耳中亡靈的哀嚎
父親把滴著血的劇本一把給擰乾
拋給戰後出世的我

我撿起腳本，跑著龍套
望著退卻敵兵的父親揮去滿臉的驚險
急忙調兵遣將
張羅柴米油鹽
與海島上不共戴天的偏見搏殺
廢棄一座空城
建築新的城鄉

我拋開腳本，跑著龍套

貪婪地撿拾戰利品，全副武裝後
成為蜀軍的逃兵。在風中依稀聽見
久未票戲的父親唱道：
「閑無事在敵樓我亮一亮琴音，
哈哈哈……！
我面前缺少個知音的人。」
過門中加小鑼一擊
司馬懿還來不及唱西皮原板
我讓父親的寂寞給敲醒

料理

在刀光裡討生活，母親的江湖
從來就不在煙雨迷茫的江南

從來不上峨眉、武當、少林
堅信那兒的齋飯營養不夠
堅持日日與刀俎激戰
以內力震碎里肌肉的筋脈
屠龍刀將黃牛馴服成絲線
再偷偷加入祖傳配方，治療

一家人的空乏、上火、失戀與高血壓

母親總是一個人練功，撈起
鮮魚一如打起水面悠游的落花
以治大國的雍容不輕易翻動魚身
再用乾坤大挪移把山產、雞蛋、新鮮蔬果
收納在牢靠的記憶體中，江湖規矩
先進先出，絕不食言

當爐火爆香蒜片，青菜正要下鍋時
母親拿起空的鹽罐子叫著：
「鹽啊！鹽啊！誰幫我去買鹽！」
空房間模仿著她的聲音學語：
「鹽啊！鹽啊！誰幫我去買鹽！」

母親只好偷偷滴下了眼淚
以孤單為晚餐調味

帶你去找我遺落了的乳牙

帶予謙回眷村老家

帶你去找我遺落了的乳牙
和不經意留在眷村裡的夢

夢裡的我正經歷牙床的大地震
總是在每個夜裡小心翼翼躲過
野狗像螢火蟲飄飛的眼神
攀爬山坡去公共廁所，排泄掉
貧窮人家也有的飽足，再飛快

和夜幕中突襲背影的狂猖競跑
躲回深藏在被窩裡那個溫暖的夢中

在夢中我精明於分類
把上排熱愛地心引力的門牙藏在床下
把下頜醉心飛翔的小虎牙拋上紅瓦屋頂
只要傳說中的反作用力運轉不歇
新生的恆齒就會快快拔高
只要再長高半個頭我就可以
跨上爸爸的腳踏車
沿著瑠公圳
跟著爸爸流浪異鄉的路線
奔向鬧市的喧囂中

帶你去找我遺落了的乳牙

你溜著直排輪，皺著眉頭
看著紅瓦屋崩壞成台北市裡
最最超現實的裝置藝術
皺眉裡我找不到童年的夢
崩壞裡我們找不到
醉心飛翔的小虎牙

當代繪畫回顧展

一對情侶在亂石堆下嘗試補天
雲彩從煙囪刺穿天空的縫隙中
飛速逃亡到宇宙，這是夢境
學生們吹著冷氣　聽著 iPod 無聊閒晃
祈禱達利不會托超現實的夢魘給我們

從八〇年代開始，畫布上才開始
寫實出蒼涼的眼神
讓城市華麗的霓虹淹沒，滅頂前

把無聲的呼救拋給空蕩蕩的美術館

對面牆上的酷兒綠著一張絕美的臉
他失去體溫後所有的笑容都結著霜
旁邊的報紙也因為風寒碎成一地
缺手　缺腳　缺部首　偏偏堅持
相互雜交成一大篇呼著口號的宣言

宿醉的不適騷擾我的虔敬
黑色的煙花不往天上噴散
拚命射擊我的瞳孔
是黑夜與火藥的密謀要讓我們
看見上蒼天天膠著的苦難

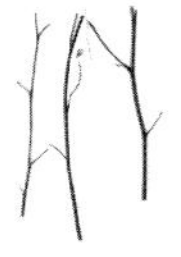

我喚住妳　在當代繪畫回顧展
妳回過頭說：
這是他們的當代
讓我們隱匿起過去和現在
流浪到未來

滬寧高速公路上聞蟬聲

那是一個灰濛濛暮春的清晨
高速公路沒有國籍，車窗外
無數的車輪潑墨在黝黑的畫軸上
催眠了所有疲憊的旅客

獨醒的我聽見蟬聲從草原盡頭傳來
是歌者高亢的嗓音震動知了的鼓室
烏雲上開始飛翔著遼遠的神話
神靈的翅膀在變換的雲上

書寫透光的文字

太低迴了，那是流浪者遊唱的詩句
樹的海洋，雲的山丘，我都無法
用課堂裡的知識去詮釋流轉的意象
於是我靜靜用聽覺去拓印歌者刻畫的雋語：
「不會褪色的記憶，
　不會忘卻的相遇。」
那是夏蟬蟄伏在黑暗中十七年後
震翅飛舞在夏日的一聲低吟？

□後記：「不會褪色的記憶，不會忘卻的相遇。」出自烏仁娜的專輯《生命》中的〈記憶〉。

魔術方塊

我們以不同色彩伏貼在
不停翻轉的立方體上

妳紅著臉卻堅持不分心於我的凝望
回身拉上銅扉深鎖起思念
隱身到嫣紅的薔薇花園裡
靜坐成一則古典詩裡難解的意象

我攀登了好幾座摩天大樓的倒影

在礦泉水招牌上的綠洲小憩
在回憶中批閱妳欲言又止的眼神
轉譯成文字的建材，發現
妳正悄悄搭建一座空中花園

這城市是一個魔術方塊
我們總在顛倒的空間中張望
各自窗子切割過的雲朵
任憑鋒面挾帶的雨水如利刃
割傷詩稿和幻想繪畫成的藍圖

於是我暗暗決心
不再用蒼白來博取妳的愛戀
當妳再次旋轉到天體的對面
隔著春日注滿綠光的水田

我會珍惜時空歪斜的一剎那
化身千萬隻白鷺銜給妳會發光的花朵
讓妳種在夢中的荒原　照亮
妳珍惜孤寂的幸福

□後記：魔術方塊，廣東話稱做「扭力骰」，英文為「Rubik's Cube」，它是在一九七四年由匈牙利的建築系教授魯比克（Ern Rubik）所發明，後來成為舉世歡迎的益智玩具。

法國梧桐

敬悼元誠

那些懷鄉病發作的法國人早就離開租界
回到大西洋岸的故土了
插枝在中國土地上的法國梧桐卻安然地定居下來
在杭州城的仲夏午後
以黃葉預示著秋日將提前到來

你用羸弱的雙足在故國大地上練習把脈
小心翼翼地用相機記錄山水的氣色

而無情的天地一派冷漠的表情，我望
見你淒切的眼中正盤算著一帖藥方

忍受著無藥可治的疼痛
在法國梧桐樹下
你笑著唸道：
「斯世非吾世，
　何鄉作故鄉？」

當夜行船寂靜地奔向另一個城市時
你的生命像火炭漲紅著一絲微弱的熱
彷彿隨時都將消失在灰燼的陰影中
你仍計畫著下一趟旅程，以及
想像明年及無數個明年後能夠懸壺濟世
那些懷鄉病發作的台北人打算結束旅程時

你提著兩箱醫書仍要繼續流浪
法國梧桐樹伸出無數手掌般的黃葉向不同歸向的你我揮別
寤寐中的我們都沒有察覺
這竟然是你最後的旅行

□後記：一九九五年八月二十日赴杭州，認識政大公共行政研究所的韓元誠先生，一見如故，同遊的七日內，頗有相見恨晚的感覺。二十六日我先行回台，元誠再赴上海、蘇州，月底始返回台灣，不料在九月十九日因癌症盍然長逝，享年三十歲。九月三十日參加元誠的告別式後，竟夜不能成眠，遂作此詩。

解凍懷念

給博元

走下樓梯的時候，看見
你正低著頭點數人們寄來的耶誕卡
他們沒有收到你的訃文
你輕輕笑著
轉身就走向冬雨拉起的灰幕中
背影疊在穿牛仔外套男孩的背影上

我們都是夢分娩出的嬰兒

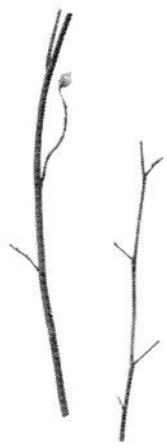

在睡眠與清醒的交界處掙扎
你夢中的土壤特別肥沃
灑下種籽便有一座神奇的花園
朋友們常在你設下的迷障中陶醉

從美夢醒來卻馬上把夢境遺失的我
在牛仔外套男孩臉上找不到你的憨笑
在人群中找不到額頭綁著白布條
把自己坐成一片野百合花田的那群青年

在一灘躺著烏雲的水窪裡
折射出冬陽一閃即逝的眼神
我追索到你再次丟出的謎語
準備在春季來臨前解凍對你的回憶
用剩餘的冬日思索與回答

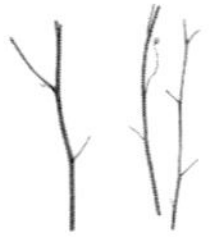

茶與春雨

陣陣春雨從壺中湧出
紅燭灼燙過的少年情歌
大雁遮不斷的中年旅愁

老禪師乘坐旋轉木馬聆聽到
流轉在雨中無聲的悲歡離合

奧義

以灼熱解開糾纏的身軀
在新綠的芽尖挺立時，解放出
野兔凝視著春日第一場濃霧中
山林深藏的奧義

如風似雲

給你太多的自由
報我以苦澀
送你過少的熱情
贈我以平淡
洗滌你以恰如其分情思，還我
天地間最和藹的風與雲

雲樣的誓言

是誰？
以利刃自船舷卸下一行詩句
幻想著，以誓言劃過冰封的江面
一行白鷺銜起瀲灩的餘音
衝上雲端

逆著陽光，沒有人能分辨
是羽翼將雲拍打成崔巍恆定的山脈
還是白雲幻化無數白鳥愚弄

追尋伴侶的鷺鷥

波浪如搶匪
奪去旅人手中的劍
一聲不響，如折翼的雲朵
從陰霾的高空墜落江湖

是誰？
在大雨滂沱的水面仍堅持
刻度逐漸渙散的波心

悄聲

妳悄聲把故事播種在我的耳膜
一瞬間突然長成萬頃的蒲公英
充塞了我每一分的聽覺，於是
我不能言語　不能感嘆
在失語症裡專心傾聽夜風的低語

妳悄聲把故事播種在我的皮膚
一瞬間突然長成萬頃的蒲公英
充塞住我所有的毛細孔，於是

我必須用更多的思念去解答
翻飛在藍天下無數的謎語

妳悄聲把故事播種在我的視網膜
一瞬間突然長成萬頃的蒲公英
充塞了我每一吋的視覺，於是
我調皮地吹開小白傘讓妳的寂寞
喧鬧在夏日星光泅泳的海面

在妳離去的下午，夕陽
凝固海浪與記憶在海風的變奏曲中

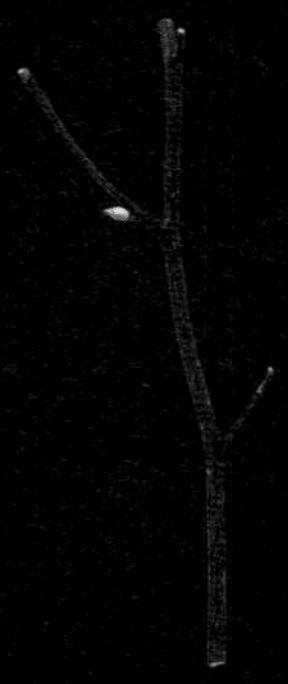

輯二・在蔗田裡

在蔗田裡栽種詩

獻給鄭清茂教授

明治三十二年立冬
賀田金三郎在縱谷中種下第一株甘蔗後
每年來自東瀛的移民總要榨取一百二十餘甲的甜香
經過清淨、蒸發、熬煮後結晶為鄉愁
隨著輪船航向橫濱港
用以哄騙留在家鄉的幼兒

民國八十五年秋分
你在谷地中朗聲為第一批新生讀韓柳文
從植樹的寓言中舒展出創生的哲理：
無庸培養過於豐沃的土壤，只要
緊密地築起一個基地
讓樹根像鵬鳥在天空張開的羽翮一樣
自由指向宇宙中不同方位的星雲中
且用寬容與信任灌溉新苗

民國九十二年暮春
後山的糖廠決定不再粹取糖蜜
奇萊山照例擋住了黃昏，但暮色
依舊頑固地染上飄進山谷的浮雲
遊子即將告別寄寓的學院，然而
你在蔗田裡栽種下文學的甜香

經過思考、辯難與想像後會長成為詩
永遠傳唱在花蓮的原野上

□後記：鄭清茂教授在民國八十五年開創了東華中文系，民國九十二年在師生們萬般不捨下榮退，僅以此詩獻給一位謙和，充滿理想與人文精神的當代大儒。

橄仔樹

從來我們就以橄仔樹當作紀念碑
僥倖逃過屠殺後，在新的故鄉
在淚光擰歪的風景中
祖先栽種下流亡的記憶

從來我們就把荒野當作孤寂的空房間
像個孩子哭喊著尋找殉難的媽媽
族人們讓恐懼挖下了聲帶
一口吞進了食道裡

我們的歌是焚燒過的稻禾
在稚幼的樹苗前悄然地飛上雲端

從來我們的童年都在橄仔樹下嬉戲
樹影濺溼孩子們的夢想，灌溉出
高大俊拔的樹幹不斷貼近上蒼
風與綠葉密語著翻譯出的不是遺忘
是光合作用後的哀嚎　鮮血　淚水
讓時光寬容地收納入甜美的果實中

從來我們就以橄仔樹當作紀念碑
颱風也吹不走流浪的碑文
教白鴿在枝枒間朗誦且棲止出一叢叢美夢
教野百合在濃蔭下歡唱且綻開出
去而復返的幸福

□後記：橄仔樹，噶瑪蘭族人稱為Kasu，相傳是馬偕醫師到宜蘭傳教時，帶給噶瑪蘭人的一種西洋橄欖樹，為族人以聖樹珍視著，當噶瑪蘭族人避居南方時仍不忘，攜帶隨之南移至海岸或山邊，植於庭院間。

沉睡在七星潭

從海拔三千公尺的山谷滑落
穿過立霧溪神秘的峽谷出海
讓黑潮不斷淘洗上岸的鵝卵石上
曝曬著一個旅人的夢

夢不到一刻鐘就膨鬆成雲，任由風
放牧到深藍色的草原
高空中的紅隼鼓動翅膀俯衝而下
驅趕獵物往天涯狂奔，直到

一波浪頭一把將夕陽攫入黝黑中
才發現除了夜晚深埋住視線
太平洋面並沒有酣睡的地平線

當星光開始垂釣時，小環頸喚醒
海岸山脈伸手攪動潮汐警示水族
旅人從夢中醒來，聽見
漁火與月光合奏的小夜曲

鯉魚潭

在春寒尚未散去的夜晚
我們悄聲辯論抒情詩是如何
以省略細節的形式
以沿襲傳統的意象
在不經意的一瞬間打動讀者
深怕山谷裡的回聲，驚醒
蜷臥的鯉魚潭

飄風挾帶驟雨敲打屋簷

有無數玉磬摔落室內遮斷話語
你突然流轉到霜寒的孤島上
把我們習於取暖的笑語當作魚餌
垂懸在江雪中

在春雨剛剛停歇的夜晚
我們悄聲用足音拍打堤岸
安撫長年困居在山谷中的潭水
冷雨沒有澆熄的螢火蟲
是故鄉派來的刺客
從埋伏多年的草茨中飄然現身
剖開我們埋藏整個冬季的心事

許多喧譁翻飛的往事灼亮了更多螢火蟲
記得你伸手捕捉住一只光

久夢初醒的鯉魚潭波動起薰風
記得你解凍了的笑聲是
春日裡最美的詠物詩

懷想淡水

南海那個美麗的白鷺之島的血液是無比的美麗、優秀的。
我抱著它而生，而將死去……
——江文也一九八三年病逝於北京前的手稿

你夢中美麗的島嶼
是白鷺鷥斂起雙翼
漂浮在南海上最最溫柔的擁抱
北京嚴冬的大雪
是夜晚撲滅人聲的魔法
歌唱與詠歎隨地埋葬在人們緊鎖的門前

你始終沒在風雪中迷途，思鄉的
眼淚裡潛藏著滬尾港邊海水的腥熱
融化出母親的凝視　乳香　搖籃歌
伴奏著淡水河永不衰竭的潮聲
觀音山日日夜夜仰天的祝禱

玉山學第０章

走進玉山時請關手機

一群登山客的手機在塔塔加鞍部上還懸
念著都會，不肯靜默，也不停止震動
不斷依偎在人們的臉龐，描繪著
亞熱帶平野上罹患躁鬱症的風景

鐵杉用寒帶植物慣有的漠然佇立路旁
以滿枝頭的松蘿煽動如鉗山風
從十餘個瞳孔中拔出終端機、電腦主機和

一長串等待主人閱讀與回覆的電子郵件
當眼睛忍不住酸疼作勢流淚時
白雲跳躍過稜線纏綿住視線，密密包紮
從視網膜到心中掛念網路而扯開的創傷

高山芒用紙質葉舌吐露出玉山的寂寞
薄霧往返他們披針形的葉尖，撥奏
蒼天縹緲無法聽見的冥想，遠方
雲瀑不斷以數字低音般頑固
接連撞擊山谷並向人間俯衝
協奏一首無言歌

突然
一群登山客的手機在塔塔加鞍部上咳嗽起來
埋怨著過早降臨的寒流與冷雨

檜沼垂綸

伐木工人用鋸斧為檜木解開
沉浸千年之久的寒冷
好心的日本林業專家用一灘淺沼
模擬海拔二千五百公尺的迷霧
治療巨木不時唸著雲海與蕨草的思鄉病

思鄉病發作的林務所長官在池畔輕輕拋餌
漣漪中搖晃出
伊吹山腳下故居的紅檜香氣

氣息中漂浮出
木製眠榻上妻子初夜時潮紅的臉頰
腥紅的浮標發狂似地下沉，竟釣起
一張充滿符籙的樹皮，預言著
暴風雨追逐著飛奔的棕櫚樹
無數的墓碑漂流在土石流上
一聲苦笑，好心的日本林業專家用力一拋
以池水深深埋葬神木的咒語

□後記：「檜沼垂綸」為嘉義八景之一，所謂垂綸，就是釣魚，這一個景致已經不復存，舊址在今天阿里山鐵路北門機車廠及嘉義市文化中心。

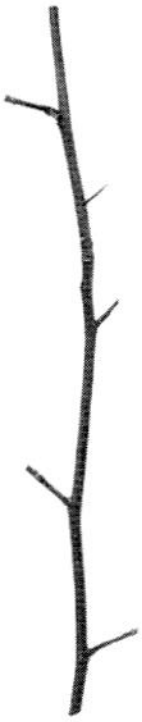

苦澀

給古坑

百年前有異鄉人在此繫馬
飲用亞熱帶陽光溫過的泉水

白鷺鷥踏步在水田間
彈奏著一首碧綠色的鋼琴奏鳴曲
樂音是一把散彈槍
把旅人的徬徨、疲倦與鄉愁
紛紛擊落

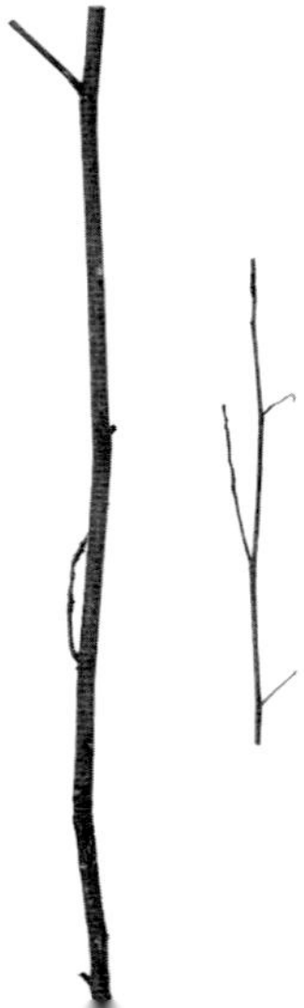

百年前有異鄉人為了報答甜美的泉水
他播種苦澀和無限的甘美

攔截風華的左外野手

駐足在五節芒叢的左外野手
注視冷氣團染白了的平原，聽不見
谷地兩側傳來的加油聲與叫囂，偶爾
罕見的遊客是城市拋出的界外球
才會讓山脈中的群樹騷動起來

藉由芒花摩挲取暖的左外野手
同時忍受著草葉揮出的鋒利，總是攔截
三壘手撲救不及的疏漏，總是習慣

沉默地回傳田野裡萬種風華，總是忘記
詰問與辯難世人長年的冷漠

從寒芒中跑開的左外野手
陰謀顛覆律法般的守備規則
往野地更深處奔跑，厚描
永恆埋藏在草莢裡的秘密，傳唱
神祇偷偷譜寫在秋風吹過山神廟屋簷時才聽得見的歌謠

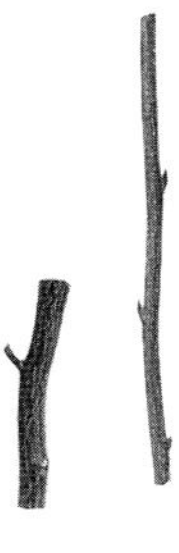

木頭人

才數完「一、二、三」，一回頭
酒宴裡的英雄一聲招呼都不打
離席的匆匆勝過月亮翻過山谷的光速
無聲的星河流向幽靜的夢土

夢中摯友的豪情全變成啞謎
默劇般把禁毀的詩句一路唱到天明
江山如受困在海濱的座頭鯨
救援隊迷途於蒸煮謾罵的文字暴雨中

才數完「一、二、三」，一回頭
二十年的青春歲月是大地一聲驚雷
猛烈撞擊鐵屋緊鎖的門窗
閃電迂迴江畔竟夜朗讀萬言書

童話裡的木頭人停止謊言
依稀在殘響的雷雨中聽見：
　此身雖在堪驚
木偶用殘損的手指打開鐵門
顛躓在荒野無人的黎明

□後記：五月旅次香港，竟夜閃電上萬次，狂風驟雨，有感時局而作。

輯三・異常

長著貓尾巴的鸚鵡

揮舞移植成功的波斯貓尾巴
鸚鵡超乎尋常地提
昇了維持平衡的功力
不左不右　不中不西
是哺乳類　也是鳥類

（主人得意洋洋地宣告
超越了複製羊
這才是本世紀最具創意的新物種）

羽毛驕傲著斑斕的色彩
尾巴炫示著華麗的造型
更加勤快地學舌　發表　學舌　發表
夾雜著外來語　台語　普通話
一股腦把最新最深邃的理論給說了出來

在滿月的春宵中
長著鸚鵡尖嘴的貓和
佇立屋頂的母貓一夜傾談後　領悟了
缺乏自我的語言系統實在難以
稱頌月色的美好與
調情

不再甘於等待主人的召喚
反覆播放錄音帶一樣的舌頭

繼續在庭院的支架中佞臣為
聒噪的裝飾品空
洞著僵化的眼神

有人說
在一張鳥臉上看見
如貓陰霾般瞳孔
隨著光照的變幻倏乎閃動，次日
長著貓尾巴的鸚鵡被分屍在社會版的角落

蛙鳴

天空塌陷在水源地
河流竄逃到村莊的街道
巨石滾動在部落的屋頂上
泥沙穿流過村民的呼吸

我們在公墓旁守夜
輪流靠近篝火，烘乾
傷口上的血與膿，以火光
燒灼川流不息的淚腺

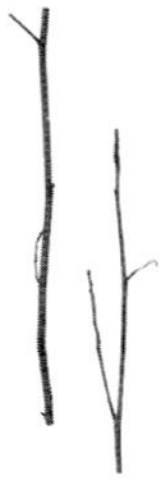

讓落石擊中胸膛的阿嬤
用顫動的臼齒咀嚼疼痛
低聲要我們不要傷悲

她不用再忍受恐懼、飢餓與寒冷
悄聲要我們不要失落
她不會遠離族人、部落與人世
隨即就化身為精靈
潛入潺潺的溪流裡

救援直升機始終沒有到來
雨水濡濕復膨脹我們的驚恐
長夜裡驚恐驅趕走星光
星光凍結了溪水的嗚咽
寂靜暗殺了狂風與烏雲

全世界遺忘我們的時刻
土石何時要吞噬我們？

遠方溪谷緩流旁傳來蛙鳴
那是阿嬤為我們唱的催眠曲：
在夏夜裡　沒有狂風
輕聲歌唱　帶來好夢
在你枕邊　不離不棄
闔上眼睛　飛翔夢中

□後記：八八風災時，在公墓避風雨的高雄縣那瑪夏鄉民族村災民，在獲救時表示，從來沒覺得青蛙的叫聲那麼可愛，每晚聽到蛙鳴，才敢闔眼睡。因為老人家說，小動物最敏感，天氣稍有變動就不出聲，只要聽到蛙叫，當晚不會有洪水與土石流。

打嘴砲

從對酒賦詩的隱士口中盜取一些癡愚
從刑場邊圍事的大眾眼裡借一些冷漠
學著聆聽政客的謊言如聖樂
練習剪輯名嘴的口白當格言

最激憤時匿名上網發表政見，一如
對著荒溪千萬顆鵝卵石演說，接著
把憤怒以連篇三字經煉成靈丹
塞回患著陽痿的文字內裡

凌遲

每天收到一封妳歸還的情書
每個撕開過的信封封口都嘔
吐出過期的愛意

妳樂此不疲地寄來
每一吋我纏綣過妳身軀的皮膚
一雙我緊握過妳的手掌
兩張我吻過妳的嘴唇
一顆陪妳看遍木棉花的眼珠

每天收到一封沒有附回郵地址的信，想必
妳拒絕聽遭到凌遲者的哀嚎與回音

妳樂此不疲地解剖我
我只好用拆信刀
鑿破我居住小小星球上空的臭氧層
傾洩所有的空氣
窒息自己

當機

眼前一條湍急的河流在護目鏡中流失，沖刷走
平野、丘陵、山脈和色彩
黝黑螢幕張開一張漩渦般的深邃大嘴
訕笑慌亂的眼神

歷經數十晝夜苦心經營的知識體系
才一秒鐘
就屍骨無存

無助的雙手在鍵盤上敲打，正如
粗心的火葬場工人在突如其來的狂風中
試圖追捕四散紛飛的骨灰

新世界再次降臨
一如一面空盪盪的鏡子

學院之規則並不容質疑
我們恆常保有無上的敬意

詩贈奕成

學者正喋喋不休地批判大千世界時
院子裡的野百合卻吞吞吐吐地向春天解釋道：景色
之所以缺乏生氣，乃是有人在嚴冬悄悄用
規模繁複的雷池攔阻了通路，蜂與蝶
則不再為花朵媒妁姻緣。孩子們
並不知道四季已然凍結如停滯的死水
不允許更迭的流光為他們易

容也不准許他們大聲
質
疑。你可以聽見有人悠悠的嘆息：
我的好奇心和
他們的創造力是已然凍結的種籽
埋進恆久無光無熱的世界
恐懼常常像沒有主題的夢魘
放肆且又保持著黏稠的身影
固守在每寸有萌芽生機的土地上。
直到所有人把無助的自畫像
紛紛貼在公告欄上，宣示通緝自己的決心與
臣服學院神聖戒律的謙卑
努力批判世界且令人敬重的學者才開始
懷疑自己是否能毫無愧意地繼續漠視滿院的荒涼？

一首詩墜河而死

一首詩墜河而死
文字緊緊抓住巨石
以流亡者深深的喟嘆
雕刻成一篇哀悼國族衰亡的碑文

石碑在河床上沉睡
江面相互追逐的鼓聲
龍舟伸出爪子掀起波濤
都拂不去湮滅文本的藻荇

今年端午
請帶一首以淚和同情寫就的詩
在水之湄輕聲朗誦
島嶼邊緣的浪潮將會溫柔地
迴旋到汨羅江心　解開
隱忍千年的哭聲

心之鯽

在妳注滿天光的左心房有一方荷田
無瑕的花朵卷舒開合出
菩薩的慈眉與早課時的引磬聲
喚醒藻荇中的鯽魚甩開淤泥
嬉戲在睡夢收假的翌日
悠游在電視機壞掉的清晨
沉靜在國會休會的溽暑
淡定在收到分手信的一年後

在妳熄滅燈火的右心室有一間密牢
除了寂寞有鑰匙，沒有人投宿過
頑皮的鯽魚是悄然破門的突擊隊
用先進的譯碼機破解出慾望的歷史
放肆在成功欺騙母親的第一個謊言中
掙扎在拿出小抄的數學期末考試場
沉默在已經不愛的情人懷抱裡
恐懼在六法全書充滿錯字的法庭

妳的心豢養的鯽魚是忠實的
不懂得刑求，不會去告密
也不會輕易折磨敏感的神經
在清晨總會輕巧地回到左心房
含著淚眼輕聲誦讀供養偈

吾等皆是夢的產物

詩贈管管

吾的影子被汽車碾了又碾
等個紅燈竟然像等候處決一樣。人人
皆視麻痺為常態，只有詩人甘冒大不韙把
是天機，是謎語，是大夥習焉不察的一切通通像
夢話一樣地在街頭高聲唱出來。遲到的綠燈
的的確確像是面對難
產的嬰孩不肯降臨這個美麗的世界。不管路人的
物議紛紛，吾自昂首闊步

盲夢

我是天生的盲人，人們總以為我在夜晚沒有夢。其實經常有白鳥在夢的曠野上飛翔，草茨在雲端發芽，開出發光的花，飄飛在人們溫柔的話語中。

在我夢中有一個女孩，她用手掌凝視我，以掌紋網住我不安的心。在她的掌心有一道細細的傷口，娓娓流出她的淚，以及霜寒後的記憶。

我只能默默握緊她，把霜雪融化成一道奔流的小溪。

輯四・觸電新詩

圖象與文字的結合，和詩一樣，簡潔，又容易具有多義性。當進入數位紀元後，各種科技進入大匯流時代。文學和圖象、動畫、多向文本乃至於互動界面也開始整合，文學和藝術也進入一個界線模糊的空間。本輯收錄幾首數位詩的實驗作品，正是從數位文學那塊混沌不明的領域中，就幾種創作的可能，展示出書寫與閱讀形式上的變革，讀者可以到「觸電新詩網」體會數位版本。

非常性男女

新生

決定不再用沾滿墨的毛筆
在水面上寫詩
當我卸下城市、房屋、衣服與光
重新面對黑夜
從寂靜裡鑑照出
原來的我

犧牲者

由於相信神話
我們努力納稅與服役
建造宮殿來供養魔法師
祂以我們票選出的童女
滋養凡人所缺乏的利喙和巨翅

當祂具備無上的能量
高踞在宇宙中審視我們的一舉一動
整個世界都成為魔宮
我們的子女都將成為下一個犧牲者

窄門

別怨這個島嶼充滿歧視
就算褪下所有足以辨識階級的衣服
剝去象徵財富的飾物
無法脫下頑強附
著骨骸上的膚色
也無法縮短骨骸
更別想擠進窄門

婚姻

不能禁止愛情
立法院努力避免它遭到病毒感染

他們訂定了：
民法親屬編第二章婚姻
刑法第二編第十七章妨害婚姻罪
所得稅法第十五條夫妻合併申報
和繼承制度
和其他具有SM效力的法律

夢

從十六歲那年暑假過後
她一直在我夢中的游泳池旋轉
她和陽光一起墜入池水
飛濺出銀白色的笑聲
為每一個冷鋒過境的長夜加溫

昨天她走出我的夢
喚醒我，問我：
「我還是你永恆的戀人嗎？」

我沉默不語

正視

所有男人的痛苦都源自於他是男性。

所有男人都要戴上假面才敢正視那個
早在變聲、喉結突起、第一次夢遺、冒出鬍鬚之前的
陰性的自己。

一百隻犀牛負傷逃出迪化街

網購可以買到無邊的幸福
與我共享受邀遊公海的樂趣
一切閱聽都免費但如遇到暴雨請珍重
一旦發燒不能用中藥和求神擺脫
西方兜售軍火的人宣稱：
化工廠以火煉藥才洩得出惡毒

十斤犀牛角粉在拍賣網中遭秒殺
黃牛脫卸誠實也來不實廣告

當刷卡購買贗品時
竊賊連你的身份一併盜走
保育人士還落井下石
指控你家傳的秘方野蠻無比

一百隻犀牛負傷逃出迪化街
水牛脫下痛苦也奔逸得無影無蹤
中華文化逸散成
萬張唐人街無解靈籤
無從詮釋天地洪荒中閃現的智慧

□後記：〈一百隻犀牛負傷逃出迪化街〉的靈感是從這畫中的犀牛身上得到的。

這幅油畫出自於詩人畫家德亮之手，標題是〈迪化街的下午茶〉，畫於一九九四年。作者的構思應該源於一九九二年底，國際媒體不斷喧鬧的「犀牛角事件」。當開始寫這首詩的時候，不知道為什麼，腦海裡突然出現圍棋棋盤的樣子，就仿照報紙上的填字遊戲的方式，在WORD 97上開了一張表格，交錯的寫成，完稿後發現，原來圍棋的語言，就是一種多向文本（hypertext）。

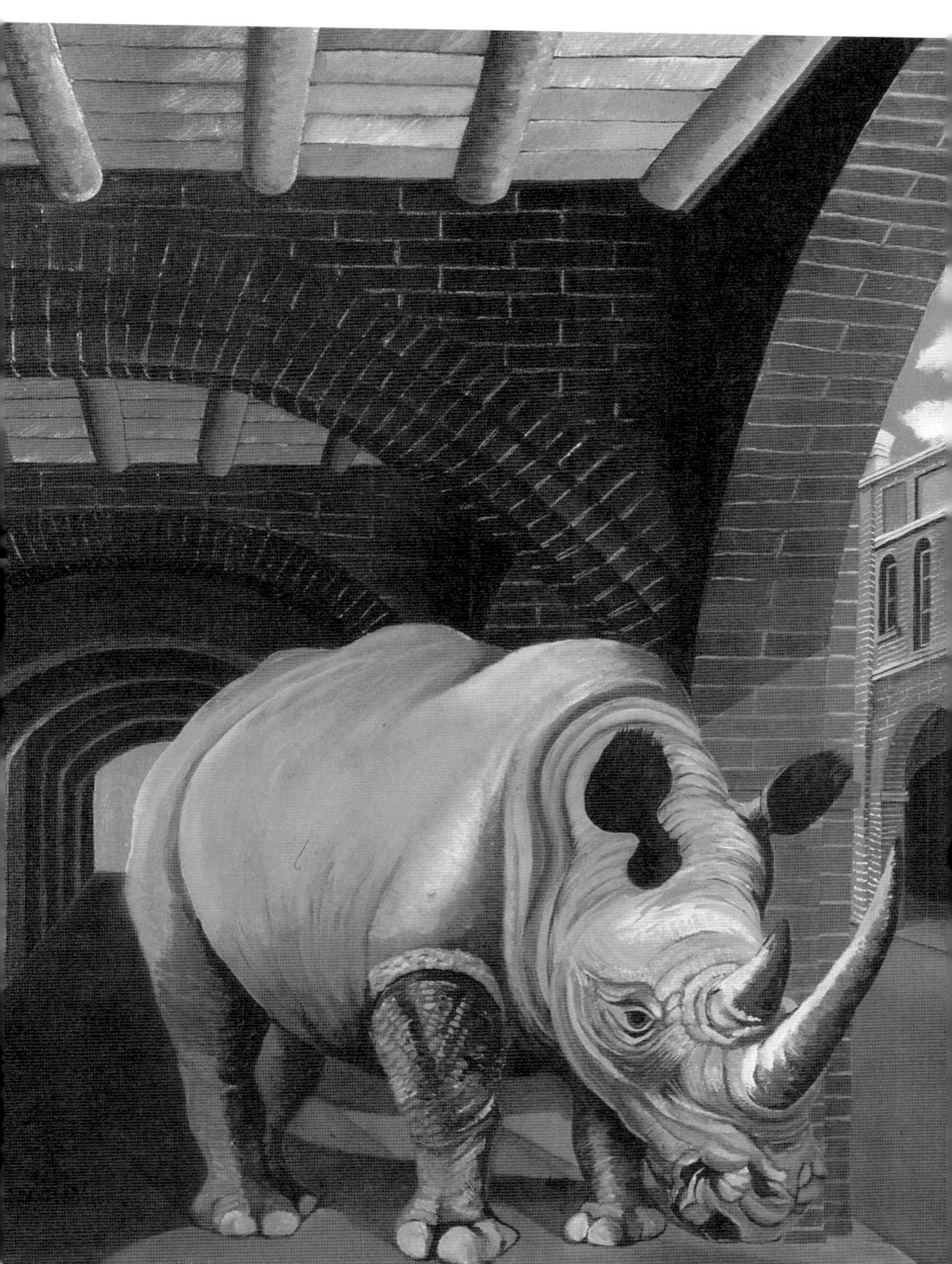

追夢

一尾孔雀魚泅泳於我的睡夢中
尾鰭把暈船的星星撥弄出水晶音樂
隨即沒入死海的荒涼裡
寂靜席捲我七個無眠的夜
我不要在沙灘上等待消逝的夢
也不在岸邊打撈你如玫瑰花瓣般墜落的身影
決心把核爆後的心浸入海潮
非法闖入你隱身的二個海洋
在你的遺留的蹤影裡探險

在子虛山前哭泣

篩選

陽光下的山脊嚥下冰河
岩石為剛解凍的泉水
篩選不同的流向

地下水的恐懼

像蟬的幼蟲一樣膽小
蟄伏在地底的深處
擔心一見著陽光
又要忍受蒸散
再一次進入宿命的輪迴中

山泉躍出

不再隱晦成大地的神經
巨巖漱漱口
山泉從松濤上飛越而出
一道水銀般的光

鐘乳石洞

和鐘乳石一起
望著不知何時才能親
吻到的石筍，感染到
一種辛苦，一種
遭到神祇詛咒過的愛情
只好代為獻上一滴淚
給千年後的新娘

歧路

奔跑在瀑布的狂暴中
沒有人還記得自己的身世

摩挲著怪石
前程正如歧異
又雜亂的稜角
指引著謎樣的方向

遺棄

水庫中
釣客遺忘的魚鉤
刺穿了溪水純淨的睡夢

這是仲夏
迷途的保特瓶想像
泅泳到初秋的河床邊
就可以換到一塊錢的押瓶費

掩鼻而逃

避免騷擾都市人的睡夢
所有的黑豬與白豬都化身山豬
潛伏在警察迷路和官員難渡的溪谷邊

躲開屠宰稅、營業稅、貨物稅、印花稅、房屋稅、空地稅、
營利事業所得稅的大豬、小豬們快樂地嚼著必勝客披薩、德
州炸雞、麥當勞薯條、吉野家丼飯、三一冰淇淋、澳洲岩燒
牛排、遠東大飯店法式自助餐、和平飯店中餐西吃和永和豆
漿店一起排放出的殘羹……

城市每天和溪流開同一種骯髒的玩笑
香魚掩鼻遠去
只有河流無所遁逃

來到河邊吧

其實水是柔順服從的僕人
服侍著你種一棵樹，在此之前
請你離開電視機裡無聊的心理測驗
到河面收視自己的眼波

病

你的愛是
雙醣、高蛋白、高鐵加鈣又多鈉的食物
每天哽在食道，終於
惡化成胃潰瘍加高血壓加糖尿病

你又用三種抗生素
輪流灌進化膿的胃壁，企圖
修補我殘缺的笑臉

可是每天我仍必須食用
雙醣、高蛋白、高鐵加鈣又多鈉的食物
答應著你充滿愛意的詢問

土石流

河岸旁新種植了十二排別墅
別墅後面的丘陵被高爾夫球場
鎮壓出十八個洞的草原
平野左上方的山坡地有農人
開採出成千上萬顆的檳榔樹
檳榔樹林間懸掛著一條白銀項鍊般的公路

公路、檳榔樹、草原和別墅
他們淺淺的根
捉不住山脈中所埋伏的流水
便秘許久的山坡地
偷偷罹患了直腸癌
在颱風灑下億萬滴雨水後

青山的脊椎骨就被滾滾滔滔的洪水折
斷成土黃色的瘋狗浪
把磐石沉靜的靈魂化成活火山一樣的惡魔
從高空向下狂攫
撲向大地上所有的生靈

風停後
山無顏面，神無顏面
公路上有無數迷途的車輛
青澀的檳榔種子灑在草原上
高爾夫球場的草皮裝飾著傾
倒在斷崖下的別墅

一道豐沛的河水
一如平常地和砥石二重唱著
從溪谷中奔跑而過

流浪

溪水
來不及進入樹根的毛細作用
就流進下水道

太長的流浪
太深的疑惑
轉眼異鄉成為故鄉

迷途

他們築壩，引水，整地
用水泥封死了溪流的身軀
選舉結束後就伐樹
重新種植合乎首長運勢的路樹

在城市的水泥渠道中
在命運交錯的十字路的地底
再三迷失方向

植樹與愛

你懂得，愛正如植樹
不要培養過於豐沃的土壤
只要緊密地築起一個基地
讓樹根能像鵬鳥在天空張開的羽翮一樣
舒展到每一朵熟知的雲朵中
就放任著他成長

植樹正如撫育孩子
幼兒是濕軟的黏土
父母是拉胚的雙手
小心呵護
在時間的轉盤上細心拉出粗胚後
就遠遠走開

讓風來陰乾，火來堅固
畫匠的彩筆來豐富面貌

溪水

從巨大的樹幹裡流
向井然有序的枝幹
進駐葉片中，登上
高大，翠綠，可以遠眺記憶的峰頂
陽光在葉脈中覆寫下詩句
一如在子虛山冰河間的美好

溪水流轉成
樹梢上帶著笑聲的露水

壯志未酬

溪水在大樓的水塔中苦苦等候
人們兌現植樹的諾言
卻因為水管年久失修
成為公寓大廈流下的一滴
壯志未酬的眼淚

鄉愁

一直漫遊到海洋
被猛烈的陽光牽起雙手
曲折的迷航在烏雲無止盡的迷幻中找到句點

風轉向，雲改道
在碰撞子虛山時
所有的雲霧都被傳染上巨大的鄉愁
一同灑下遊子返鄉欣悅的淚珠

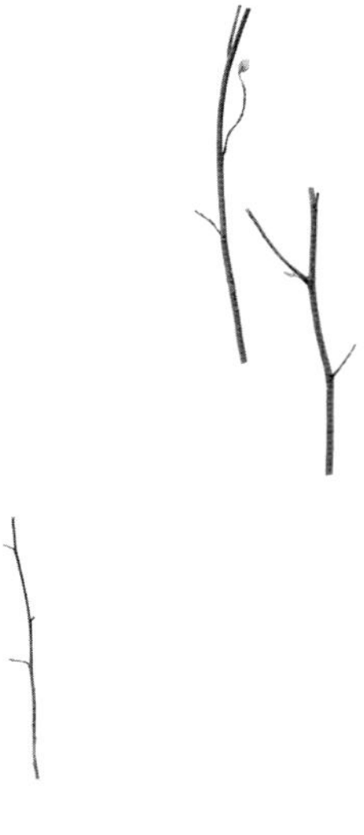

成住壞空

時鐘用宗教家的口吻暗示
愛情終將陷入分分合合的輪迴中
讓我們以這首情詩抵抗

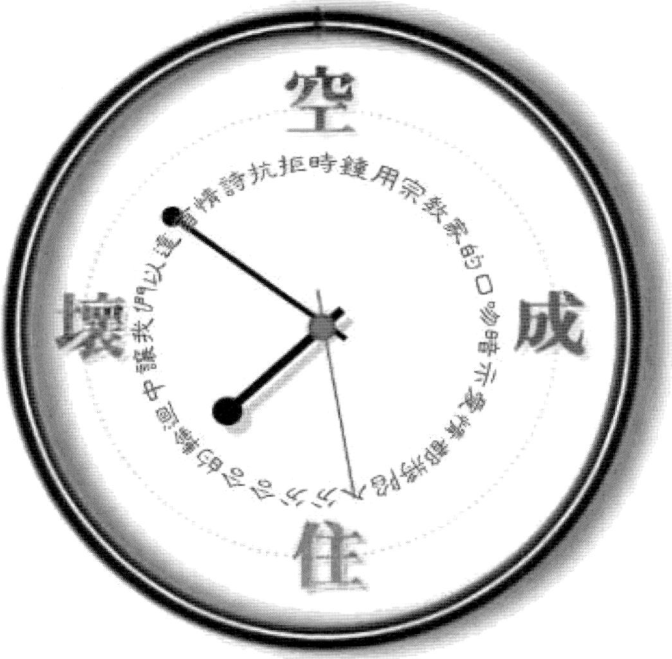
空
成
住
壞
以遣情詩抗拒時鐘用宗教家的口吻暗示氣象都將陷
的輪迴中讓我們

木蘭辭

給這個號稱多元的世界

電影廣告

讓下班後的人們
再一次披掛上職場
和廣告中的花木蘭並駕齊驅
為遠在美國的電影產業打拚

這種家庭手工業工作輕鬆
只要默誦電影的名稱就好
就算遺忘了也無妨
意志堅決的迪士尼會和悅地
在節目與節目間
在頻道與頻道中
反覆提醒
直到夢鄉

歌仔戲

花木蘭唱著哭調仔
在流行的浪潮上還魂
鑽進光纖窄窄的頻寬
朝城市每個巷弄行軍

幕後製作花絮

爆不出驚人的內幕
卻偽裝成一則報導
像笨拙的漁夫
在魚鉤上裹著腐臭的餌

馬克杯

左弧面單于肩上站著黑鷹
右弧面花木蘭跨在馬上
一雙世仇被拋擲在
一個陌生星球的南北兩極
看似相安無事
進入後冷戰年代的安逸中

馬克杯裡
漂浮在番茄汁上的冰塊
是一張張戰死沙場的士兵
蒼白的臉孔
把淚融入血中

T恤

忙碌的花木蘭放下機杼
把服飾店的衣架當作伸展台
擺出一成不變的英雌姿態

明天
東市王小弟
西市林小妹
南市陳先生
北市吳太太
在下一個偶像出現前
不約而同地在胸前
驕傲地宣稱
一種廉價的愛

玩偶贈品

廣告深度催眠下的父母
失了魂似的
反覆在速食店的櫃檯前購買
失去香味的兒童餐
小朋友的食慾
早被花木蘭玩偶贈品
征
服

原聲帶

唱片行裡胡笳哭泣
像朝著地平線上飛奔而去的駿馬
踏上下著冬雪
柔軟無比的雲層
隱沒在搖滾樂掀起
瘋狗浪似的雪崩中

童話書

絕版多年的中國童話書
輕鬆攀上暢銷書櫃的顛峰
膠裝上光的鄰居紛紛以
國際中文版的俚語打招呼
倚著騎馬釘的花木蘭
佯裝失聰
掩飾她罹患的失語

煙花告別

追憶稍縱即逝的年少歲月

和你一起併著肩
在大橋上遠眺
我們共有的夢想穿透黑夜的屏風
上升到從未到達的高度後
散落
跌下
藍光　爆發出我無法企及你期待的未來

綠光　炸射出我無法供給你索求的情感
黃光　投映出我無法漠視你隱藏的距離

你我在喧鬧的光之外
沉默不語
急速墜落的煙花
是我未說出口的告別

輯五・與流動相遇

新媒體藝術家黃心健構思與創作的「相遇時刻」公共藝術，設置於台北捷運信義線「台北一〇一／世貿站」，在一百公尺長的長廊中，有大小不一的畫面，以火車站過去翻牌式時刻表的機械裝置，展現臉孔的變化。心健邀我創作的「與流動相遇」詩組則以書頁的方式，翻動在地下道牆上，和行人對話著未來的想像。

相遇時刻

與流動相遇

台北是一座古老的城市，
流動著機遇與因緣的傳說。
台北更是科技流轉的都會，
你勢必撞見一場
資訊、未來與冒險調味的饗宴。

01

無神論者眼中，一切因緣只是機遇
反之，所有因緣均非機遇
隨著旅遊地圖指引前往一個街角
精確的方向喧譁著未知的故事

02

擁擠車廂中流轉的乘客帶走體溫
空氣結凍，人們只好摩擦螢幕取暖
不斷撫觸又滑落一張臉孔千萬表情
遙迢的愛意從指尖溫暖到心底

03

大浪沙河氾濫時，鄭成功插劍成潭
敗北的魚精化作斷垣殘壁
台北城樓上飄出濃煙烈焰

線上百科說：其實國姓爺從未北伐
歷史是不斷複製的耳語
虛構了一張不存在的地圖

04

雲端太陽曲折地從波光窺看
逃跑到摩天輪上的達芙妮

思念與不安在河岸天空不停輪轉
日光大作，月桂樹鋪綠了台北的春天

05

戶政事務所的辦事員遞給我
一張協尋親友服務申請書
被尋人的姓名欄裡竟已填好
我的姓名

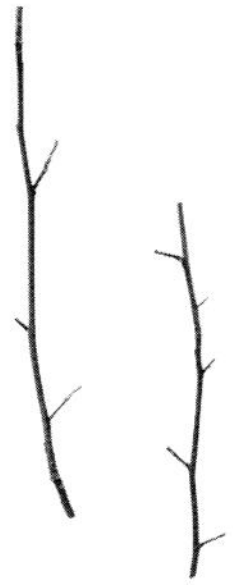

06

公車是一個缺氧的魚缸
乘客是一束束漂浮的綠藻
仰著臉，仰著乾燥的眼神
自顧自的光合作用

07

佯裝害羞的女士低頭
望著平板電腦上的捷運路線圖
以蜻蜓的複眼煩躁著無從抉擇
奔向他或是她的席夢思

08

失去孫子監護權的祖母
只能在語音信箱中軟禁

一個永遠不會長大的男孩
一句永遠不會變聲的撒嬌

09

耗盡了手機電力還不能平息
曠野外隱隱的雷聲

託網路花店送去的歉意
讓一本字典捶打得香氣四溢
散落一地的詞彙對著手機說：選我

10

衛星導航規劃出雷同的路徑
讓市民都走著一成不變的方向

蛛網一樣的小巷
寂寥成會脈動的酸楚
周折成城市的冠狀動脈硬化症

11

伊卡魯斯不想再體驗
重力加速度乘以疼痛

趁陰天從美術館後門逃逸
偷走市民飛行的夢想

12

掃瞄一封過期的情書：
我願是展開雙翅的天鵝
在冬夜顫慄於你激動的心跳中

時間是扒手
偷走夢想的羽翼
讓寒冬顯得特別的冷

13

服下超高劑量仙藥的嫦娥
以溫暖月色喚醒小雨燕

小雨燕盤旋在路燈下
安撫著禽流感肆虐的城市

14

晚歸的父親忘了帶宵夜
媽媽端上面帶羞赧的螃蟹
孩子們爭食著蟹腳時
掉下了爸爸無名指上的婚戒

15

我們的童年枯坐沙灘上
望著來不及打造好的方舟
教固執如強烈颱風的愛意
拆散在氾濫成災的爭吵中

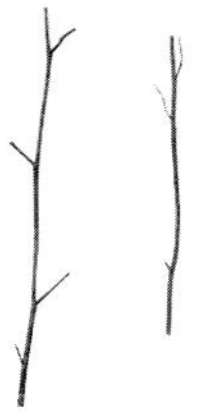

16

奔跑在無風的公園裡
手裡的風箏絮語著天邊的故事
汗水濕濡了口袋裡的情書
迷途的郵票親吻落葉的額頭

17

空氣冷冽的空港，心事
重金屬含量太高無法通過安檢
航警舉起警棍成禪師，大喝：
放下！

18

鄰座的男孩找我借枕頭
我順便出租一個黃粱夢
空姐還來不及倒咖啡
鄰座的老人醒來後就一直失眠

19

在匿名申請的電子郵箱裡
躺著一封真切的情書：
你是我虛構的情人
我們存在一個虛擬的世界
隨時面臨拆解

20

啤酒杯裡的泡沫輕聲爆裂
電子新聞的謊言每分鐘更新一次
地震是山脈的浪潮，無比誠實
拍打出島民的黑心與貪婪

21

總有亡靈在夢裡突襲黑牢
在看守員背上安裝發條
立即馴服出一批玩具兔
為戴著鐵面的我進行口述歷史

22

有人為每一隻白鴿繫上監視器
宣稱和平與秩序時時盤旋城市上空

妳在我腦中設定衛星定位
從此我都把心精準停在妳家

23

五隻候鳥蹲坐在便利超商前
她們還沒還完總償還不完的仲介費

長途電話裡孩子的哭聲，偏又
割破了存款簿
切開心中密封的傷口

24

候車室裡人們都愛撫著手機
像用食指逗弄著腳步撲朔的貓

當通知列車誤點的廣播響起
每一張臉孔都埋進深淵般的螢幕
啃食充滿愛意的簡訊

25

早晨出門前才上網查過本日運勢
乖乖往東走，轉彎前收到分手簡訊
撞上一棵心蛀壞的老槐樹

醒在一場夢裡：發現
民調第一的幸福城市
原是一座金碧輝煌的蟻穴

26

親吻著妳胸前的珍珠項鍊
揭開絲綢下的玫瑰花香時遭到刺傷
妳以沉默撕碎道歉，以顫抖
以發燙的體溫蒸發胸前的人魚眼淚

27

最美的懲罰是在寒冬凌晨
在荒山的車站月台等待
一列昨日發車的列車

死神在耳邊低語：這就是天堂
天堂，讓人看見與擁抱昨日的地方

28

你將隨身碟深入我狹仄的記憶體
索求年少時的誓言和驗血報告

窗外出殯隊伍的低泣蓋過了
回憶遭到剝去指甲的哀嚎

29

迷途的彗星在派出所前熄火等待
街頭老藝人用皺紋折疊出飛碟

拂曉前讓所有秘教的預言失靈
為命相館走出的政客穿上國王的新衣
以夢和勇氣重刷一套隱藏版的六法全書

30

黎明時，玉蘭樹梢的青斑鳳蝶
以靈魂輪迴的力量蛻去蛹

街道把昨夜行人的足印和絮語
悄悄種植在紅磚道下的春泥裡
與野兔和梅花鹿的蹤跡盤根錯節成
一條沒有盡頭的秘徑

鑄風於銅

為華岡詩牆而作兼致杜十三

你可以把風鑄進青銅
我的孤獨就不再飛翔

告別時開啟另一趟旅行

給我編採社的伙伴們

在人們的冷眼裡走著
謊言像凌遲時的利刃
一刀一刀快要切除我們的聲帶
特別在新生嬉鬧著從湖畔走過時
面對他們無知的快樂，疼痛
會灼熱睜大的眼睛

在人們的譏諷裡奔跑

跳躍在漂浮在空中的文字
一失足就會翻身掉進沒有經緯度的地圖中
還好我們用書寫當柴薪
在無數個長夜裡點起星星之火
照亮曠野的角落

借住的旅店要重建了
在離開時請記得
我們曾那麼勇敢
用文明和野蠻的世界爭論
我們曾那麼認真
去相信只有誠實能溫暖人心

多年的旅行要結束了
這不是離別
在告別時將開啟另一趟旅行

我們會是彼此卸不下的行囊
在沒有指南針的航行中
悄悄解開星座與風向的奧秘

國家圖書館出版品預行編目資料

魔術方塊 / 須文蔚作 . -- 初版 . -- 臺北市 : 遠流 , 2013.11
面； 公分 . --（綠蠹魚叢書 ; YLK65）
ISBN 978-957-32-7299-1（平裝）

863.51 102020706

綠蠹魚叢書 YLK65

魔術方塊

作者／須文蔚
出版四部總編輯暨總監／曾文娟
行政編輯／江雯婷
美術設計／黃寶琴・優秀視覺設計
印刷／影界文化創意有限公司
特別感謝圖片提供／德亮（P.132-133）、黃心健（P.170-172）
圖片來源／shutterstock（封面及P.119、121、123、125、127、129）

發行人／王榮文
出版發行／遠流出版事業股份有限公司
地址／臺北市南昌路二段81號6樓
電話／（02）2392-6899 傳真／（02）2392-6658
郵撥／0189456-1
著作權顧問／蕭雄淋律師
法律顧問／董安丹律師
2013年11月1日 初版一刷
行政院新聞局局版臺業字第1295號
定價新台幣300元（缺頁或破損的書・請寄回更換）

ISBN 978-957-32-7299-1
遠流博識網 http://www.ylib.com E-mail: ylib@ylib.com